11 AVR. 1861

99 P

CATALOGUE

D'UNE BELLE RÉUNION

D'OBJETS D'ART

ET

DE CURIOSITÉ

TELS QUE

Émaux de Limoges; Verrerie vénitienne; Faïences diverses; Sculptures sur ivoire, Porcelaines de Sèvres, de Saxe, de Chine et du Japon; Deux très-jolis Vases en ancienne porcelaine de Sèvres, à médaillons très-fins; Armes anciennes, orientales et occidentales; Grands et beaux Vases en plomb du temps de Louis XIV; Horloge allemande; Émaux cloisonnés de la Chine; Manuscrits; Objets divers des XVIe, XVIIe et XVIIIe siècles; Statues, Statuettes, Bustes et Groupes en marbre blanc sculpté, parmi lesquels on remarque une charmante statuette du temps de Louis XVI, l'*Innocence* Pendules, Candélabres, etc., en bronze doré, du temps de Louis XVI; Grands et beaux Cabinets en ébène ornés de mosaïques de Florence; Consoles, Chaises et Fauteuils en bois sculpté et doré, du temps de Louis XV et de Louis XVI; Glaces anciennes dans leurs bordures du temps;

TRÈS-FORT LOT DE BELLES SOIERIES

DONT LA VENTE AURA LIEU

HOTEL DROUOT, SALLE N° 1

Les JEUDI 11 & VENDREDI 12 AVRIL 1861

A UNE HEURE

Par le ministère de Me **CHARLES PILLET**, Commissaire-Priseur, rue de Choiseul, 11,
Assisté de M. **MANNHEIM**, expert, rue de la Paix, 10,
Chez lesquels se distribue le présent Catalogue.

EXPOSITION PUBLIQUE

Le Mercredi 10 Avril 1861, de une heure à cinq heures.

PARIS. IMPRIMERIE DE PILLET FILS AINÉ
RUE DES GRANDS-AUGUSTINS, 5

1861

CATALOGUE

D'UNE BELLE RÉUNION

D'OBJETS D'ART

ET

DE CURIOSITÉ

TELS QUE

Émaux de Limoges; Verrerie vénitienne; Faïences diverses; Sculptures sur ivoire,
Porcelaines de Sèvres, de Saxe, de Chine et du Japon;
Deux très-jolis Vases en ancienne porcelaine de Sèvres, à médaillons très-fins;
Armes anciennes, orientales et occidentales;
Grands et beaux Vases en plomb du temps de Louis XIV; Horloge allemande;
Émaux cloisonnés de la Chine; Manuscrits;
Objets divers des XVIe, XVIIe et XVIIIe siècles; Statues, Statuettes, Bustes et Groupes en marbre blanc sculpté,
parmi lesquels on remarque une charmante statuette du temps de Louis XVI, l'*Innocence*
Pendules, Candélabres, etc., en bronze doré, du temps de Louis XVI;
Grands et beaux Cabinets en ébène ornés de mosaïques de Florence;
Consoles, Chaises et Fauteuils en bois sculpté et doré, du temps de Louis XV et de Louis XVI
Glaces anciennes dans leurs bordures du temps;

TRÈS-FORT LOT DE BELLES SOIERIES

DONT LA VENTE AURA LIEU

HOTEL DROUOT, SALLE N° 1

Les JEUDI 11 & VENDREDI 12 AVRIL 1861

A UNE HEURE

Par le ministère de Me **CHARLES PILLET**, Commissaire-Priseur,
rue de Choiseul, 11,
Assisté de M. **MANNHEIM**, experts,
rue de la Paix, 10,
Chez lesquels se distribue le présent Catalogue.

EXPOSITION PUBLIQUE

Le Mercredi 10 Avril 1861, de une heure à cinq heures.

PARIS. IMPRIMERIE DE PILLET FILS AINÉ, 5, RUE DES GRANDS-AUGUSTINS.

1861

CONDITIONS DE LA VENTE

Elle sera faite au comptant.

Les adjudicataires payeront *cinq pour cent* en sus des enchères, applicables aux frais.

DÉSIGNATION

DES OBJETS

Émaux de Limoges.

1 — Grande et belle coupe sur piédouche ; peinture en grisaille teintée ; à l'intérieur, sujet tiré de l'Ancien Testament; à l'extérieur, deux cariatides, enroulements et médaillons, fleuves peints en camaïeu bleu.

2 — Autre coupe en émail de Limoges; peinture en grisaille; à l'intérieur, l'Adoration du veau d'or ; au centre, un écusson blasonné.

3 — Petite coupe sur piédouche à balustre en émail de Limoges ; peinture en grisaille sur fond bleu ; à l'intérieur, sujet biblique.

4 — Couvercle en émail de Limoges ; peinture en grisaille sur fond bleu, et à bossettes ornées de têtes de femmes, imitation de camées. Attribué à Léonard Limosin.

5 — Tasse et soucoupe; peinture en grisaille sur fond noir et à médaillons en couleurs variées; Judith portant la tête d'Holopherne, Enlèvement d'Europe, Ganimède et bustes d'Empereurs romains. Signé Laudin.

6 — Petite tasse à vin à anses; peinture en grisaille à sujets et ornements divers et enrichie d'un blason. Monogramme P. N. (Pierre Noualhier).

7 — Assiette; peinture en grisaille attribuée à Pierre Raymond, la Création du Monde. Bonne conservation.

8 — Autre assiette, peinture en grisaille, portant le monogramme M. P. G., et représentant le Sacrifice d'Abraham.

9 — Grande plaque ovale; peinture en émaux de couleurs et sur paillons, attribuée à Suzanne de Court, et représentant Adam et Eve.

10 — Deux médaillons ronds, l'un, Godefroid de Bouillon; l'autre, Charlemangne; ils portent le monogramme G. N., 1545.

11 — Deux plaques; peinture en émaux de couleur sur paillon de F. Limosin, 1633; sur l'une, la Chute d'Icare; l'autre, Deucalion et Pirrha.

12 — Belle plaque carrée; peinture en émaux de couleurs rehaussées d'or; saint Christophe portant le monde.

13 — Plaque carrée, émail colorié rehaussé d'or; la Résurrection.

14 — Plaque carrée, peinture en émaux de couleurs rehaussées d'or; l'Annonciation.

15 — Jolie plaque ovale, peinture en grisaille par Noualhier; sainte Geneviève entourée de moutons.

16 — Deux grandes plaques carrées, peintures en émaux de couleur rehaussées d'or, à encadrements et à ornements en relief; le Christ et la sainte Vierge, par Laudin.

17 — Plaque émail, l'Adoration des rois mages.

18 — Autre plaque, l'Annonciation.

19 — Deux petites plaques carrées, peinture en émaux de couleurs, le Christ et la sainte Vierge.

Verres de Venise & autres.

20 — Grande coupe ronde à douze lobes, en verre de Venise, filigrane blanc.

21 — Deux jolies burettes en verre de Venise, à anses en verre émaillé bleu.

22 — Deux flacons de forme sphérique, en verre de Venise marbré ; monture en argent.

23 — Chandelier modèle vénitien en verre blanc.

24 — Grand verre allemand, de forme cylindrique, orné de l'aigle de l'empire d'Allemagne et aux blasons des Électeurs.

25 — Neuf pièces diverses en verre de Bohême et autres. Ce lot sera divisé.

Faïences diverses.

26 — Deux grands vases, forme médicis, à couvercles, en faïence de Castelli, décorés de paysages et personnages; les couvercles, les moulures et les piédouches sont décorés à l'imitation du porphyre rouge oriental et ornés de mascarons en reliefs et dorés ; socles carrés en bois sculpté et doré.

27 — Deux autres vases semblables.

28 — Deux vases de forme cylindrique, en faïence d'Urbino, à médaillons, sujets saints et fond à trophées d'armes.

29 — Une statue, le Remouleur, grandeur naturelle, d'après l'antique, en ancienne faïence italienne émaillée.

30 — Vidrecome en faïence fond blanc et peinture coloriée, saints personnages près d'un autel, et à inscriptions ; monture en vermeil repoussé et gravé.

31 — Grand bénitier ovale en faïence de Nevers, fond blanc et à blason de cardinal colorié.

32 — Lampe en faïence fond blanc et ornements coloriés, le bec orné d'un mascaron et la panse à godrons en relief.

33 — Deux petites consoles, modèle rocaille en faïence, fond blanc, ornements coloriés et à médaillons à têtes de boucs.

34 — Groupe en faïence blanche, la Leçon de flûte.

35 — Grand plat rond en faïence, fond blanc et dessins bleus.

Sculptures sur ivoire.

36 — Beau cippe en ivoire sculpté en haut relief; Femmes au bain gracieusement posées; monture en bois noir.

37 — Deux figurines en ivoire sculpté, sainte femme et saint évêque, dans de riches costumes; socles en bois noir.

38 — Figurine en ivoire sculpté : Mademoiselle de la Vallière, entrant au couvent, abandonne ses bijoux; socle en porcelaine de Saxe.

39 — Figurine en ivoire sculpté, Jeanne Hachette portant haut l'étendard et armée de sa hache; sur socle en bois noir.

40 — Groupe en ivoire sculpté, sainte Vierge assise tenant l'enfant Jésus sur ses genoux; auprès d'elle saint Jean; travail très-fin,

41 — Grand oliphant en ivoire sculpté, orné de médaillons; bustes de rois de France, trophées d'armes et groupes d'animaux.

Porcelaines de Sèvres.

42 — Deux très-jolis vases en ancienne porcelaine de Sèvres, pâte dure, de forme ovoïde, à gorges et sur piédouches; ils sont ornés sur leurs faces antérieures de deux médaillons finement peints; sujets d'intérieur : la jeune Mère et le Déjeuner; sur leurs faces postérieures se trouvent des attributs divers. De très-

belles anses détachées, à larges feuilles et guirlandes de lauriers, complètent l'ornementation de ces vases dont le fond blanc est richement rehaussé d'or.

43 — Magnifique surtout de table en bronze doré à l'or moulu, à branches de chêne, supportant sept compotiers en vieux Sèvres, fond turquoise à fleurs. Au milieu du surtout est placé un groupe en Sèvres, pâte tendre, bleu turquoise.

Ce surtout a été exécuté d'après Meissonnier, par feu Monvoisin.

43 *bis* — Trente-six belles assiettes, ancien Sèvres, pâte tendre, fond turquoise, richement décorées de fleurs et or.

44 — Deux jolis seaux en vieux Sèvres, pâte dure, fond blanc à bouquets.

45 — Tasse et soucoupe en vieux Sèvres, pâte tendre, ancien décor bleu et rouge avec bordures or.

46 — Petite tasse, forme droite, et sa soucoupe, en vieux Sèvres, fond gros bleu, avec ornements en or.

47 — Tasse forme droite et sa soucoupe en vieux Vincennes, fond bleu lapis avec ornements et médaillons à oiseaux en or.

48 — Tasse en vieux Sèvres, fond bleu lapis, avec décor et arabesques en or. La soucoupe diffère un peu par le décor.

49 — Tasse et sa soucoupe en vieux Sèvres, décor à fleurs bleu et rose, sur fond pointillé d'or.

50 — Tasse en vieux Sèvres, fond blanc, ornée de guirlandes de fleurs et de médaillons camées en camaïeu rose.

51 — Pot à lait en vieux Sèvres, décor gros bleu avec guirlandes de fleurs et or.

52 — Plateau à deux anses en vieux Sèvres, pâte tendre, fond blanc avec fleurs.

53 — Beau cabaret en vieux Sèvres, décor à œil de perdrix, ornements, lauriers et roses; il se compose d'un plateau, d'une tasse, d'un sucrier et d'un pot à lait.

54 — Pot à eau et sa cuvette en vieux Sèvres, pâte tendre, fond blanc à guirlandes de fleurs et à rubans turquoise.

55 — Deux sucriers de forme ovale, vieux Sèvres, fond blanc à bouquets de fleurs.

56 — Trente-sept assiettes, vieux Sèvres, fond blanc avec bouquets de fleurs à hachures.

57 — Quatre compotiers, forme coquille, en vieux Sèvres, à bouquets.

58 — Six compotiers ronds en vieux Sèvres, fond blanc à bouquets.

59 — Groupe en biscuit d'ancien Sèvres, enfant jouant avec une chèvre.

60 — Vase en ancien Sèvres, forme mignonnette, décor rose et bleu.

61 — Grand vase, ancien Sèvres, à trépied.

Porcelaines de Saxe, de Chine et du Japon.

62 — Grand et beau vase de forme ovoïde surélevée, en ancienne porcelaine de Chine, fond bleu uni à bandes dorées; riche monture en bronze ciselé et doré se composant d'un pied à tors de laurier, de deux anses à têtes de satyres et de guirlandes de chêne entourant la panse du vase; galerie à jour à la partie supérieure de la gorge.

63 — Deux très-grands vases en porcelaine de Chine, première grandeur, à médaillons mandarins et fleurs.

64 — Très-jolie soupière et son plateau en ancienne porcelaine de Saxe, à médaillons oiseaux; le couvercle est orné d'une figurine d'enfant.

64 *bis.* — Coupe en vieux japon, avec monture en bronze doré à l'or moulu.

65 — Coupe en ancienne porcelaine de Chine, de très-belle qualité.

65 *bis* — Neuf assiettes en vieux Saxe, dont huit à fleurs et bords fond lie-de-vin et une à bords gaufrés.

66 — Deux grandes coupes en vieux Saxe, à médaillons, sujets marines, montures en bronze boré.

67 — Quatre groupes en porcelaine d'Allemagne, représentant les quatre parties du monde.

68 — Très-grand et beau lustre à trente lumières, en porcelaine de Saxe, modèle rocaille, orné de figurines et bouquets de fleurs.

69 — Deux vases en porcelaine de Chine à mandarins, montés à lampes en bronze. Style Louis XVI.

70 — Deux petits potiches en porcelaine du Japon, montés en lampes.

71 — Deux petites corbeilles et leurs plateaux, en porcelaine d'Allemagne, repercées à jour et à fleurs en relief.

72 — Deux groupes en porcelaine de Saxe : Musiciens.

73 — Groupe en porcelaine de Saxe : les Échasses.

74 — Coq en porcelaine de Chine, posé sur un rocher.

75 — Chocolatière en ancienne porcelaine d'Allemagne, à bouquets de fleurs.

76 — Bol en porcelaine d'Allemagne, de même décor.

77 — Dix-huit tasses en porcelaine de Saxe et d'Allemagne.
Ce lot sera divisé.

78 — Cinq plats, une corbeille, une tasse à bouillon, et un pot à crême, en porcelaine d'Allemagne.
Ce lot sera divisé.

79 — Service à dessert, en porcelaine décorée de fleurs bleues, composé d'environ cent cinquante pièces.

80 — Vase à anses et couvercle, orné de peintures.

81 — Service de table, en porcelaine de Saxe, fond blanc et fleurs, imitation de la porcelaine du Japon ; composé d'environ deux cents pièces.

Armes orientales.

82 — Sabre indien, à lame en damas damasquiné or, et fourreau en maroquin rouge.

83 — Sabre indien en damas; lame et poignée damasquinées d'or.

**

84 — Sabre indien à lame courbe et à manche en corne de rhinocéros, ornée de plaques damasquinées.

85 — Sabre indien en damas, à manche en corne de buffle, et ornements dorés.

86 — Sabre indien : la lame est droite et de forme triangulaire.

86 *bis*. Sabre maroquin, poignée en argent gravé; fourreau en velours et cuir brodé.

87 — Sabre chinois à deux lames, avec poignées en cuivre, renfermées dans un fourreau d'écaille.

88 — Poignard indien, avec lame en damas damasquinée d'or, et manche en jade; gaîne en argent doré.

89 — Poignard indien en damas, avec manche en hippopotame.

90 — Poignard indien : la lame est en damas très-fin damasquiné, et le manche en corne de buffle.

91 — Poignard à lame courbe, avec manche en hippopotame.

92 — Poignard avec lame en damas, à deux tranchants, manche en hippopotame et fourreau en argent doré.

93 — Poignard, lame en damas et poignée en ivoire.

94 — Poignard à manche en jade vert et lame en damas.

95 — Poignard indien à poignée émaillée et lame damassée.

96 — Poignard indien, ou kathar en fer damasquiné d'or. d'un travail très-fin.

97 — Poignard et sa gaîne en hippopotame, orné de pierres fines.

98 — Poignard à lame en damas, terminée en cône, manche en hippopotame.

99 — Poignard à lame courbe, ornée de gravures en relief, représentant des animaux et ornements.

99 *bis* — Poignard avec lame en damas, damasquiné d'or et manche en jade vert.

Ce poignard n'a pas de fourreau.

100 — Pistolet arabe.

100 *bis* — Un fusil arabe.

101 — Fusil maroquin.

101 *bis* — Deux brassards en damas, garnis de velours rouge.

102 — Casque indien en damas, garni de maillons.

102 *bis* — Casque asiatique en fer, damasquiné or.

103 — Arc en corne de buffle, avec rondelettes en fer damasquiné.

Travail indien.

104 — Cric malais à lame flamboyante et poignée en bois.

Le fourreau est orné de dorures.

105 — Cric malais, manche et gaîne en bois.

106 — Poignard de la côte de mozanbique, lame droite damasquinée.

107 — Poignard mozanbique, lame droite.

108 — Autre poignard mozanbique, manche en buffle.

109 — Fauchard indien avec sa gaîne et ses accessoires.

110 — Sabre sauvage, gaîne en bois avec manche en os.

111 — Sabre indien, fourreau en bois sculpté et manche en os gravé.

112 — Marteau d'armes indien, en fer damasquiné.

113 — Fourchette-support, en fer.

113 *bis* — Une paire d'éperons et d'étriers arabes.

114 — Deux couteaux orbiculaires d'akalis, en damas.

Ces armes se lancent attachées à une courroie et servent à couper les jarrets des chevaux.

115 — Narguilé oriental damasquiné d'argent.

115 *bis* — Amorçoire arabe.

116 — Deux massues en bois de fer.

Armes sauvages.

117 — Deux lances, une pagaye et un arc en bois, accompagné de son carquois.

Armes et ustensiles sauvages qui seront vendus par lots.

Armes occidentales.

118 — Magnifique fusil du dix-huitième siècle ; la crosse est couverte d'ornements d'argent avec blason, le canon est damassé, la batterie damasquinée d'or ; le reste de la garniture est en argent.

119 — Belle canardière à pierre, avec beaux dessins et armoiries, finement gravés.

120 — Fusil de chasse espagnol, batterie à silex et capucines en argent.

121 — Beau pistolet de la fin du seizième siècle; la monture est en bois incrusté d'ivoire gravé.

Travail italien.

122 — Deux beaux pistolets à piston, dont les canons, par *Kuchenreuter*, sont ciselés en relief.

123 — Casque en fer repoussé, à côtes et fleurs de lys.

124 — Grande épée du seizième siècle, garde en fer ciselé et lame portant un monogramme.

125 — Mors en fers du temps de Louis XIII.

126 — Couteau en forme de serpette, avec manche en ivoire et fer.

Epoque Henri II.

127 — Couteau de chasse à poignée garnie en argent, à bas-reliefs : Attributs de chasse et Henry IV et Sully; fait par Fauconnier, orfèvre de la cour, pour le duc d'Angoulême.

128 — Couteau de chasse allemand à lame gravée, sujets tirés de l'histoire de Joseph.

129 — Bouclier en forme d'écu, en fer à sujets, en bas-relief : choc de cavalerie.

Objets divers.

130 — Deux grands et beaux vases en plomb ornés de bas-reliefs et à anses formées par des chevaux marins. Epoque Louis XIV.

131 — Deux autres vases en plomb de même style; les bas-reliefs diffèrent.

132 — Petite horloge allemande en cuivre doré; femme à demi-couchée; le cadran tournant se trouve dans une petite sphère qu'elle tient de la main gauche; de la droite elle tient une flèche marquant les heures.

133 — Bénitier italien avec ornements en corail, nacre et ambre. Epoque Louis XIII.

134 — Deux flambeaux en bois sculpté à rinceaux. Epoque Louis XIII.

135 — Deux flambeaux en acier repoussé; bouquets de fleurs sortant d'une corne d'abondance.

135 *bis* — Deux flambeaux, bronze doré. Style Louis XVI.

136 — Grand et beau Christ en poirier sculpté, dans son cadre en bois sculpté à ornements.

137 — Deux éléphants richement caparaçonnés et portant sur le dos des tourelles. Bronze chinois.

138 — Flambeau modèle vénitien, en bronze gravé.
Travail italien du seizième siècle.

139 — Deux boîtes rondes et à lobes, en bronze champlevé et émail cloisonné de couleurs variées.
Travail chinois.

140 — Belle cassolette carrée en émail cloisonné de la Chine, avec couvercle surmonté d'une chimère en bronze doré.

141 — Bassin en émail cloisonné de la Chine.

142 — Tirelire en bronze à ornements de style gothique.

143 — Deux médaillons ronds en bronze : le Christ et la sainte Vierge.
Travail moderne.

144 — Missel, manuscrit flamand orné de vignettes et miniatures.

145 — Autre missel orné de même, de vignettes et miniatures.

146 — Catéchisme de Martin Luther, date de 1717, dans une riche reliure en argent ciselé.

147 — Coupe ronde et sur piédouche en filigrane d'argent à ornements émaillés.

Travail chinois.

148 — Coupe ovale en cornaline montée sur piédouche à beaux ornements dans le style du seizième siècle, en argent doré finement ciselé.

149 — Deux presse-papiers de forme ovale en cuivre doré, enrichis de rinceaux en corail, supportant deux petits chiens couchés, en marbre rouge antique.

150 — Grand vase grec, forme médicis et à deux anses, à sujet peint en rouge sur fond noir.

151 — Deux petites statuettes en bronze : l'Été et l'Hiver, sous les traits de figurines d'enfants ; socles en marbre bleu turquin ornés d'un rang de perles en bronze doré.

152 — Petit groupe en bronze : Nymphe et Satyre.

153 — Deux petits groupes en bronze : les Quatre Saisons, sur socles ronds à canaux creux en bronze doré.

154 — Bassin rond en bronze argenté, à médaillons ornés d'animaux et à larges feuilles repercées à jour.

155 — Tableau recouvert en partie de cuivre doré : sujet saint.

Travail russe.

156 — Deux grands vases, forme poire, à une anse, se terminant en rouleau ; fond gris, et à animaux peints en brun couvrant toute la panse en spirale.

157 — Deux gravures anglaises enluminées, cadres dorés.

Sculptures sur marbre.

158 — Très-jolie statuette en marbre blanc sculpté : l'Innocence. Elle est représentée sous les traits d'une jeune fille gracieusement drapée et couronnée de roses, se lavant les mains dans un plateau posé sur un trépied ; derrière elle se trouve un agneau au repos.

Très-beau travail du temps de Louis XVI.

Haut. 80 cent.

159 — Belle statue en marbre blanc sculpté : Bacchante portant son faune. Répétition de celle du musée ; attribuée à Clodion.

160 — Groupe en marbre blanc sculpté : Virginius poignardant sa fille.

Beau travail du dix-huitième siècle.

161 — Buste en marbre blanc sculpté de grandeur naturelle : Minerve.

162 — Autre buste en marbre blanc sculpté de grandeur naturelle : Diane.

163 — Buste de femme en marbre blanc sculpté de grandeur naturelle. Epoque Louis XV.

164 — Autre buste de même style.

165 — Coupe carrée de forme antique en marbre jaune antique.

Bronzes meublants.

166 — Belle pendule en bronze doré, style Louis XV, surmontée d'un groupe admirablement ciselé, représentant une bacchante entraînée par une chèvre. Ce groupe est signé : Janet, 1847, d'après Rolland.

167 — Deux grands candélabres à dix lumières, montures en bronze doré à l'or moulu, ornés de deux groupes en bronze, satyre et bacchante d'après Clodion. Ces bronzes ont été exécutés par Crozatier.

168 — Grande et belle pendule en ancienne marqueterie de Boule sur écaille noire, surmontée de la figure du Temps en bronze doré, mouvement de Ledoux. Cette pendule a son socle.

169 — Pendule de Boule, forme cintrée et sa console, en marqueterie de cuivre sur écaille, richement garnie de bronzes.

170 — Pendule ancienne à deux faces et à deux cadrans, en bois des îles, ornée de bronze doré au mat ; époque Louis XVI. L'un des cadrans porte : *Debon à Paris ;* et l'autre, *Horloger de Monseigneur le duc d'Orléans.*

171 — Petite pendule en marbre blanc, avec bronzes dorés au mat. Époque Louis XVI.

172 — Deux candélabres à figures de femme et de génie en bronze au vert antique, soutenant des cornets et à trois lumières en bronze doré ; sur socle en marbre griotte rouge.

173 — Pendule forme médaillon, à bas relief de génies en bronze au vert antique.

174 — Deux chenets en bronze, ornements à rinceaux et à figurines.

175 — Deux chenets en bronze, époque Louis XIII.

176 — Lustre en bronze ciselé et doré, richement garni de cristaux de roche.

176 *bis* — Lustre en bronze vernis à dix-huit lumières.

177 — Quatre appliques en bronze doré, à quatre lumières chacune.

177 *bis* — Deux appliques en bois sculpté, avec branches à lumières en cuivre.

178 — Deux candélabres en bronze doré, à figures d'enfants, bronzées.

179 — Garniture de cheminée, composée de cinq pièces, modèle rocaille.

180 — Garniture de foyer en bronze.

Meubles.

181 — Grand cabinet de forme architecturale à fronton et tiroirs, en ébène à moulures, orné de mosaïques de Florence et pilastres en marbre brocatelle d'Espagne ; table-support en bois sculpté, peint en noir et doré.

182 — Autre grand cabinet, contenant une horloge, en bois noir et orné de peintures sur verre, imitant la mosaïque de Florence, et à colonnettes et pilastres en laque burgauté ; table-support à colonnes peintes.

182 *bis* — Cabinet en laque de Chine.

183 — Belle console ancienne en bois sculpté et doré ; elle est formée de branchages et attributs de chasse ; des cerfs se trouvent dans l'entrejambe.

184 — Très-jolie petite console à côtés cintrés, en bois très-finement sculpté et doré ; frise à ornements et entre-jambes à vase.

185 — Deux fauteuils en bois finement sculpté et doré couverts de soie bleue. Époque Louis XVI.

186 — Deux chaises semblables aux fauteuils qui précèdent.

187 — Grande glace de forme carrée et à fronton, à large bordure en bois noir, enrichie d'ornements en cuivre repoussé. Époque Louis XIII.

188 — Autre glace de forme carrée à bordure en ébène, à moulures, et ornements et fronton en bois sculpté et doré.

189 — Médaillier et sa table en bois violet.

190 — Grand guéridon en acajou, ornements en bronze doré et tablette en marbre bleu turquin.

191 — Glace à bordure dorée à moulures.

192 — Console en bois sculpté, ornée de colonnettes torses et d'un blason soutenu par deux enfants ailés.

193 — Très-fort lot de soieries ; rideaux, tentures, portières, etc., qui seront vendus par lots.

194 — Petit bureau à dos d'âne en marqueterie de bois à damier, garni de bronzes.

195 — Bureau à cylindre en acajou moucheté, pieds cannelés et garnis de bronzes. Epoque Louis XVI.

196 — Grand régulateur en bois satiné garni de bronzes. Époque Louis XV.

197 — On vendra sous ce numéro les objets omis au présent Catalogue.

www.ingramcontent.com/pod-product-compliance
Ingram Content Group UK Ltd.
Pitfield, Milton Keynes, MK11 3LW, UK
UKHW020524180726
13839UKWH00005B/2292

9 782329 468952